經典
少年遊

003

唐人傳奇

浪漫的傳説故事

Tang Tales
Collections of Tang Stories

繪本

故事◎康逸藍
繪圖◎林心雁

書生柳毅正騎著馬離開長安。他來京城參加考試，卻沒考上。不過他對功名不太在乎，所以也不難過。他沿路欣賞廣闊的原野，準備回去洞庭湖邊的家鄉。忽然，有一大群鳥從樹梢飛起來。馬兒受到驚嚇，慌張的往前飛奔。

當馬鎮定下來，柳毅發現不遠處有個牧羊女，她有一張美麗卻哀愁的臉。柳毅問她：「姑娘，妳怎麼了？」牧羊女含著淚回答：「我是洞庭龍王的小女兒，嫁給了涇川龍王的兒子，但我丈夫和公婆虐待我，還把我趕出來。」

4

牧羊女看柳毅有一股俠氣，知道他要回洞庭湖，就拜託他幫忙送信給龍王。柳毅說：「我是人，怎麼進入龍宮呢？」牧羊女告訴他進入龍宮的方式。柳毅替她打抱不平，承諾願意送信，好讓龍王來救她。

柳毅依照牧羊女的指示，在洞庭
湖畔找到一棵大橘樹。他解下腰
帶，在樹上敲三下。果然出現一
個武士，帶他進入龍宮。這真是
一座水晶世界，由白璧、青玉、
珊瑚、琉璃、琥珀等打造而成，
跟傳說中的仙境一樣！

柳毅把信交給龍王洞庭君。洞庭君看完信說：「想不到我的寶貝女兒，竟然有這麼悲慘的命運！」說著流下淚來，臣子們也都流淚不已。柳毅提醒他們：「在這裡哭泣不是辦法，趕快把公主救回來團圓吧！」

11

忽然一聲巨響，宮殿強烈震動起來，陣陣雲煙直往上衝。一條千尺長的赤龍，鱗甲和鬃毛是火紅的，掙脫鐵鍊，在煙霧中飛上天去。原來，那就是龍女的叔叔錢塘君，一條以闖禍聞名的「火爆龍君」。

錢塘君像旋風般，迅速飛過崇山峻嶺，直直降落在龍女面前。龍女見到叔叔，禁不住流淚哭訴。錢塘君說：「放心，叔叔一定會為妳討回公道！」說著，揹起龍女飛上天，去找涇陽小龍報仇，再把龍女帶回龍宮。

柳毅正和洞庭君、錢塘君吃飯時，看到彩雲裡出現了儀隊、樂隊，成群侍女擁著一個仙女出現。洞庭君告訴柳毅她就是龍女。龍女慢慢走進內宮，柳毅都看傻了。錢塘君卻口沫橫飛，比手畫腳的敘述救龍女的經過。

第二天，洞庭君又宴請柳毅。準備美酒、佳餚，還有武士和宮女載歌載舞，歡迎龍女回來。洞庭君、錢塘君都引吭高歌，感謝柳毅的恩情。柳毅也高歌一曲回敬，場面非常熱鬧、歡樂。

第三天，錢塘君借酒裝瘋說：「柳公子，你和我姪女很登對，如果你肯娶她，就可以享盡榮華富貴。如果不答應，就會像掉落到地獄一樣。」柳毅聽到這些話，很不高興，心想：「我是個俠義之士，怎能讓人威脅！」

柳毅豎起眉毛說：「錢塘君，我救龍女是基於義氣，希望您別仗著身材高大，用粗暴的態度來逼迫我。」錢塘君聽了，趕緊回答：「柳公子，我性子太急了，話也講不好，很抱歉。您真是俠義心腸的豪傑啊！」

柳毅要回家了，洞庭君夫人為他餞行。龍
女含情脈脈，不捨的舉起酒杯跟他告別。
柳毅有點心動，但終究還是要離去。他對
龍女說：「公主，我沒有辜負妳的交代，
希望妳從此幸福快樂。」

龍王送了許多寶物給柳毅，讓他成為富翁。他娶了一個妻子，可惜不久就死了。柳毅又再娶了一個妻子，以為從此可以快樂過日子，沒想到幾個月後，這個妻子也死了。柳毅一個人住在大豪宅，感覺很孤單，於是就搬家了。

27

不久，有個媒人來說親，對象是丈夫不幸過世的盧小姐。她年紀輕輕又聰明美麗，家人希望她能嫁給有品德的人。柳毅覺得同病相憐，就答應這門婚事。婚禮排場很盛大，兩人郎才女貌，親友都為他們祝福。

29

後來，妻子懷孕了，對柳毅說：「夫君，我就是龍女，因為十分愛慕你，也一心想報答你，才化為人間女子嫁給你，希望你看在孩子的分上，不要把我趕走。」聽了這話，柳毅真是又驚又喜，高興的將她留下。

龍女好奇的問當
時柳毅拒婚的
理由。柳毅說：
「其實初次見到
妳，就覺得妳很
特別，可是我不
想在妳落
難時追求妳。
後來在龍宮看到妳，又被妳吸
引了，可是討厭妳叔叔的態度，
也怕壞了我俠義救人的名聲，
只好依依不捨的離開妳。」

33

柳毅娶了龍女後，也變成神仙。他陪龍女回到龍宮，和洞庭君、錢塘君喝酒聊天。龍女也和媽媽、姐姐們團聚，大家都很開心。有時，他們也會在水晶世界裡遨遊，柳毅感覺自己很幸福。

當時，唐明皇一心想做長生不老的神仙，
常常在宮廷裡召見道士。那些道士，騎著
白鶴、驢子到宮中，有的獻藥，有的作法，
把唐明皇哄得團團轉，讓皇帝以為自己就
要變成神仙了。可是一切都無效。

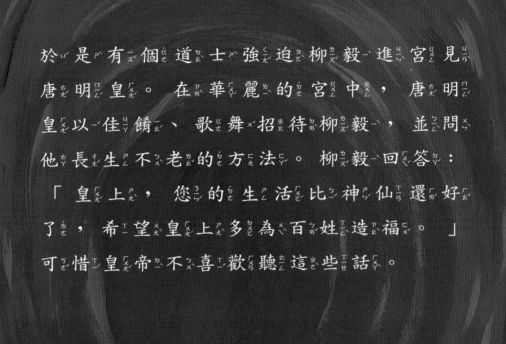

於是有個道士強迫柳毅進宮見唐明皇。在華麗的宮中，唐明皇以佳餚、歌舞招待柳毅，並問他長生不老的方法。柳毅回答：「皇上，您的生活比神仙還好了，希望皇上多為百姓造福。」可惜皇帝不喜歡聽這些話。

柳毅夫妻不想再被道士與唐明皇打擾，就搬到龍宮去，和家人在龍宮花園裡賞花、喝酒、品茗、下棋，過著平靜的日子。對柳毅來說，人間的一切好像是一場遙遠的夢。

唐人傳奇
浪漫的傳說故事

讀本

原典解說◎康逸藍

唐人傳奇是中國文學史上最早出現的虛構小說，文人常常藉由寫作傳奇展現文才。著名的唐朝傳奇作家有哪些呢？

李朝威，唐朝著名的傳奇作家，但後人對他的生平所知不多，如今僅有〈柳毅傳〉和〈柳參軍傳〉兩篇作品傳世。〈柳毅傳〉收錄在宋朝李昉編纂的《太平廣記》中，成為後代戲曲一再改編的創作題材。

裴鉶是唐朝寫神仙鬼怪傳奇故事最有名的作家。他的寫作的風格頗具詩意，又特別擅長短篇故事。他最有名的作品是三卷《傳奇》，其中〈崑崙奴〉、〈聶隱娘〉等是膾炙人口的傳奇名篇。

李朝威

裴鉶

相關的人物

元稹

白行簡

元稹（上圖）是唐朝著名的詩人，因提倡創作淺白的新樂府詩，與白居易並稱「元白」。他最著名的傳奇作品為〈鶯鶯傳〉，又名〈會真記〉，據說是以主角張生自況，書寫自己與一名美麗女子無疾而終的戀情。

白行簡，唐朝文人，為白居易的弟弟。他的文筆優美，傳奇作品有〈李娃傳〉與〈三夢記〉兩篇傳世。知名的德國漢學家庫恩（Franz W. Kuhn, 1884-1961）曾將〈李娃傳〉翻譯為德文，使得這篇傳奇更廣為世人所知。

沈既濟生於大歷年間，最著名的傳奇小說是〈枕中記〉，說一個窮書生趁著煮黃粱的空檔，躺在神仙給他的枕頭上睡了一覺，夢中經歷了大起大落的一生，明白了人生的道理。到了元朝，被改編成民間非常流行的戲曲《黃粱夢》。

沈既濟

張鷟

張鷟很會寫華麗的文章，當時日本、新羅的使者來中國時，必用重金購買他的文章。〈遊仙窟〉是他最著名的傳奇小說，在中國失傳千年，到了清末才又從日本傳回。〈遊仙窟〉主要在講他自己到了神仙住的地方，和神仙們戀愛的故事。

TOP PHOTO

杜光庭

杜光庭是唐朝著名的道士，精通儒道典籍。因數度科舉失利，放棄追求功名利祿，而潛心修道。他創作的傳奇小說〈虯髯客傳〉，是唐人傳奇中描寫俠義柔情的代表作品。上圖為清末吳友如所繪〈紅拂〉圖。

45

唐人傳奇的故事背景跨越了初唐到晚唐近三百年的歷史，呈現了唐朝政治現實與社會百態。

TOP PHOTO

627 ～ 649 年

「貞觀之治」指的是唐太宗李世民在位時政治最清明的時期。李世民知人善任、廣納諫言，李靖是他招募的手下大將，唐朝建立前兩人已經相識。〈虬髯客傳〉中便提到了李靖與李世民相知相惜的一段傳奇故事。左圖為唐太宗畫像。

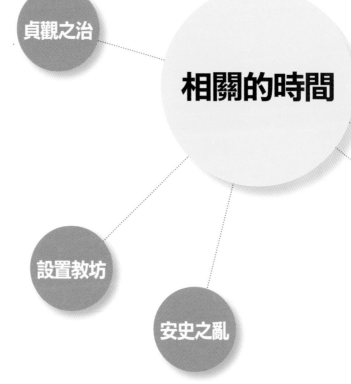

貞觀之治

相關的時間

設置教坊

安史之亂

714 年

唐玄宗在梨園設置教坊，培養了一批樂工和歌舞藝人。喜好音樂的玄宗還自己編寫了〈霓裳羽衣曲〉。〈長恨歌傳〉中描寫楊貴妃入宮時，就是配合著這首舞曲晉見玄宗。

755 ～ 763 年

安史之亂是由安祿山與史思明發動的一場政治叛亂，唐朝因此由盛轉衰，造成藩鎮割據的紛擾局面。唐玄宗倉皇逃到馬嵬坡時，為安撫軍心而殺死楊國忠，賜死了心愛的楊貴妃。陳鴻的傳奇作品〈長恨歌傳〉，描寫楊貴妃受寵直到死於馬嵬坡的始末。

約 783 ～ 888 年

唐朝末年，懿宗與僖宗在位期間，面臨嚴重的藩鎮割據問題，擁有兵權的人彼此互相爭鬥，不受中央控制。唐人傳奇常以當時的政治情勢為題材，比如〈聶隱娘〉的故事情節就有許多節度使彼此鬥法的橋段。右圖為〈聶隱娘〉的人物形象。

TOP PHOTO

藩鎮割據

約 808 ～ 846 年

唐朝末年，牛姓和李姓兩大黨派各自結黨，互相排擠，從唐憲宗開始爭鬧不休，直到唐宣宗才結束。由於朝中兩派互不相讓，連帶影響科舉選拔人才的公正性，許多有才能的士人也因此無法晉升。唐人傳奇作品中往往可以見到士人仕途不順遂的情況。

牛李黨爭

860 ～ 874 年

唐朝的國際貿易非常發達，除了陸上絲路之外，還有海上絲路。唐朝末年沿海的貿易地區時常有海盜出沒，高駢與裴鉶開鑿的「天威遙」連結了廣西的兩個海港，就是為了避免商船行經外海遇上海盜襲擊而開鑿的海上運河。

開鑿運河

黃巢之亂

874 ～ 884 年

黃巢之亂是由黃巢與王仙芝發動的民變亂事。這場叛變由北向南擴張，使整個中國都處在戰亂中。當時朝廷派遣高駢出兵鎮壓，但是卻沒有足夠的支援，只能消極應付。受高駢提拔的裴鉶，當時在中國南方當官，見證了這場延續將近十年的戰事。

唐人傳奇作品不僅為後人提供繼續創作的題材，故事中涉及的事物也成為時代的記錄，或重要典故。

「傳奇」這個名稱，最早出現於裴鉶的《傳奇》中。唐朝「傳奇」指的是文言短篇小說。不過，元朝「傳奇」指的是雜劇，明朝「傳奇」則是南戲。裴鉶把對神仙鬼怪的迷戀化成文字，蒐集了各式各樣民間的傳說，讓許多人深深著迷於虛構的情節中。

《傳奇》因為文字音韻生動，情節有許多高低起伏，提供了其他類型的創作進一步發揮的空間，像是宋朝說書人的話本或是戲曲等。比如其中的〈崑崙奴〉，就成為明朝雜劇《崑崙奴》。

唐朝科舉取士中有舉薦制度，士人往往在考試之前將作品先投獻給有權有名的大官，以求賞識，進而蒙獲提拔。這種作法稱作「行卷」，一投再投即為「溫卷」。唐人傳奇作品往往是溫卷之作，因為這種文體可以表現文人的史才、詩筆和議論的能力。

道教是發源於中國的一種宗教，主要宗旨是追求得道成仙，可以普濟人世。在唐人傳奇裡，有些故事就富有濃厚的道教色彩，例如〈杜子春〉故事中，就運用了道教的煉丹、成仙等典故。

傳奇

戲曲

相關的事物

溫卷

道教

狐

妖物在傳說故事中往往具有害人的能力，例如狐狸精會將男子的精力吸取殆盡，害人不淺。但是狐狸精也有善良的，《聊齋誌異》中就有許多有情有義的狐狸精。早在唐人傳奇中，便已有狐狸精幻化為人的故事，如〈任氏傳〉即描寫深情善良的狐狸精任氏，與人間男子鄭公子戀愛的故事。

TOP PHOTO

指替男女雙方牽線促成戀情的角色。「紅娘」的典故源自於唐代傳奇〈鶯鶯傳〉中一個名叫紅娘的婢女角色，故事中紅娘替男主角傳遞詩信，使女主角愛上未曾謀面的男子，是小說劇情起伏的關鍵角色。「紅娘」因此也成為促成姻緣的代名詞。左圖為《崔鶯鶯待月西廂記》中，紅娘替崔鶯鶯傳信請張生赴宴的插圖。

紅娘

崑崙奴

TOP PHOTO

唐朝將印度半島及南洋群島合稱為「崑崙」。當地居民屬於馬來人種，移居中國者大多從事階層較低的工作。〈崑崙奴〉主要的角色是唐朝時，來自崑崙的僕役，因此裴鉶將他取名為「崑崙奴」。右圖為新疆吐魯番古墓出土的黑人百戲俑，即是崑崙奴的形象。新疆維吾爾族自治區博物館藏。

唐人傳奇故事涉及的地點遍及大江南北，既可看見唐朝都市文化風貌與名湖景色，也可見塞外風光。

邯鄲位於河北省，是〈枕中記〉故事的發生地點。故事敘述盧生進京趕考卻名落孫山，途中於邯鄲一間小旅店落腳，在一名道士授予的枕頭上睡了一覺，作了個奇夢，悟得了人生的大道理，醒時旅館主人正在烹煮的黃粱尚未熟透，引申出「黃粱一夢」這個典故。

TOP PHOTO

洞庭湖位於湖南省，古代「雲夢大澤」的一部分，是長江最重要的具有調節水量功能的湖泊。〈柳毅傳〉中，柳毅便是替龍女帶信回去洞庭湖的龍宮娘家。上圖為今日洞庭湖一景。

邯鄲

相關的地方

洞庭湖

長垣

長垣位於河南東北部，現在的新鄉市。長垣屬於黃河沖積平原，地勢平緩，土質優良，是中國古代北方重要的農業區域。黃巢與王仙芝策動長垣地區農民起義，為黃巢之亂發起第一戰，成為裴鉶《傳奇》小説裡時代動盪的重要背景。

藍橋位於陝西藍田縣東南方的藍溪。藍橋是古代的交通要道，除了連接藍田和商洛之間的商業交易之外，也是通往長安的重要道路。原始的藍橋在明朝因為戰爭毀損，直到清朝康熙年間才重建。中國古代有許多文學家都以藍橋為背景創作，裴鉶的〈裴航〉故事中，男女主角相遇的地點就是藍橋。

藍橋

普救寺

TOP PHOTO

普救寺建於唐朝武則天時期，現今位於山西永濟市蒲州古城東的峨嵋塬。〈鶯鶯傳〉的故事場景便發生在此地。上圖為山西普救寺一景，金色建築物即為鶯鶯塔。

華清池

華清池位於今日西安驪山腳下，是中國著名的溫泉勝地。唐玄宗經常和楊貴妃到此地遊樂。〈長恨歌傳〉中寫到「浴日餘波，賜以湯沐，春風靈液，澹蕩其間」，便是描寫楊貴妃出浴的情景。

唐人傳奇

　　唐人傳奇，是指唐朝時期以文言文寫成的短篇小說。在唐朝裴鉶的《傳奇》，以及宋朝李昉所編成的《太平廣記》等書中，都可以看到各種傳奇作品。

　　傳奇的文字和宋朝以後的白話小說不同，和現在的白話文差別更大。但是這種短篇小說在中國小說的發展上，卻是很重要的里程碑。因為唐朝以前的小說，多半是一些簡短的寓言或神怪記錄，情節簡單零散，還不符合小說的形式。而唐人傳奇多具備主題、結構、內容、人物等完整小說的要素，因此與唐詩並列為唐朝文學的兩大奇葩。

　　從三國到南北朝的三百多年間，社會長久處於戰亂狀態，人民生活極不安定，然而各民族卻因此在血統、文化藝術等方面有了交流，開啟一種新生命與新氣象。隋朝雖然統一天下，可惜國祚太短，接著的大唐帝國，經過百年的休養生息，國力強大，府庫充實，百姓的生活安定富足，市民階級興起。而儒、釋、道三教的交流發展，

夫曰：「此靈虛殿也。」諦視之，則人間珍寶，畢盡於此。柱以白璧，砌以青玉，床以珊瑚，簾以水精。雕琉璃於翠楣，飾琥珀於虹棟。奇秀深杳，不可殫言。

——《太平廣記・柳毅》

形成思想的開闊、自由；此外，絲路交通頻繁，更促進了東西文化的相互融合。

　　傳奇這樣的文學體例，就在經濟繁榮與思想文化激盪之下，準備開花結果。

　　〈柳毅〉又稱為〈柳毅傳書〉，是一篇唐人傳奇。內容是一個落第書生柳毅，幫落難異鄉的龍女帶書信回龍宮求救，讓龍女得以回到龍宮和家人重聚。後來，他和龍女結為夫妻，也成為長生不老的神仙。

　　〈柳毅〉出自《太平廣記》，這段引文形容了龍宮華美的宮殿樓閣，所使用的文字很精練，把美輪美奐的龍宮景致，用詩意一般的語句鋪陳。而由白璧、青玉、珊瑚、琉璃、琥珀等寶物構成的水晶宮，讓讀者一步步走入神仙世界。

53

毅詞理益玄，容顏益少。初迎蝦於硠，持蝦手曰：「別來瞬息，而髮毛已黃。」蝦笑曰：「兄為神仙，弟為枯骨，命也。」　——《太平廣記·柳毅》

　　這段文字的背景是寫柳毅的表弟薛嘏，乘船經過洞庭湖時，湖上突然出現一座山，山上有神仙住的宮殿，更奇妙的是柳毅居然還派了彩船來接他。他發現經過這麼多年，自己已經滿頭白髮，而柳毅竟然越來越年輕。柳毅拿出五十粒仙丹給他，告訴他每吃一粒，壽命可以延長一年。〈柳毅〉這則故事，也因為如此玄怪的情節，通常被歸類於唐人傳奇的「志怪」類別。

　　在眾多的唐人傳奇中，根據題材風格可大致分為四大類。

　　第一類是歷史。由於三國以來的改朝換代，出現許多歷史題材可供發揮，因此文人往往喜歡據此寫成故事。這類作品具有真實性、趣味性。代表作有陳鴻　　〈長恨歌傳〉。

第二類是愛情。唐朝實行科舉考試制度，讀書人因此集中到繁華的京城，於是產生才子佳人的故事。這類作品敘述浪漫，引起千古共鳴，傳唱久遠。代表作品有白行簡的〈李娃傳〉和元稹的〈鶯鶯傳〉等。

　　第三類是俠義。唐玄宗時政治由盛轉衰，百姓又遭遇戰爭的痛苦，所以有描寫俠客義行為主的故事，穿插歷史事件，兼及愛情。代表作品以杜光庭的〈虯髯客傳〉最為知名。

　　第四類是志怪。受到佛道思想的影響，有些作品強調富貴功名如浮雲，諷刺想要升官發財的讀書人。這類作品常出現神怪，或是脫離現實的情節。沈既濟〈枕中記〉、李公佐〈南柯太守記〉可作為其中代表。內容都是講讀書人在短時間內作了一個長長的夢，夢中經歷了一生的起起伏伏，因此體會人生無常，最後走上修道的路。

　　而〈柳毅〉的主角可以遊走凡間和神仙世界，也沒有夢醒後一切成空的結局，在志怪類小說中算是較為特殊的作品。

柳毅

　　柳毅騎著馬，噠噠的馬蹄聲，很有節奏的響著。雖然沒有考取功名，但是他個性開朗灑脫，並不因此失意沮喪。他沿路欣賞美麗的風光，準備在回鄉之前，去涇陽拜訪一個同鄉友人。

　　好像命中注定一樣，柳毅與龍女在大草原上相遇。柳毅聽完龍女訴說悲慘的遭遇後，安慰她說：「我是個講究義氣的人，聽了妳的遭遇，真是氣血激湧，恨不得長出一雙翅膀，飛越遙遠的山川，將妳的求救信函送到洞庭的龍宮去。可是洞庭湖的水那麼深，我怎麼進入龍宮呢？是不是有辦法讓我進去？」柳毅很有正義感，所以毫不遲疑，決心要幫助龍女。

　　在知名的阿拉伯文學《天方夜譚》中，開啟寶藏的通關密語是「芝麻開門」。而在〈柳毅〉的故事裡，龍女教他：「由凡間進入龍宮，要用腰帶在樹幹上敲三下。」柳毅匆匆向同鄉告別後，就快馬加鞭。任風在耳邊呼嘯，兩旁的景物迅速後退，只見砂石滾滾，

吾義夫也。聞子之說，氣血俱動，恨無毛羽，不能奮飛。是何可否之謂乎！然而洞庭，深水也。吾行塵間，寧可致意耶？——《太平廣記·柳毅》

塵土飛揚。柳毅一路披星戴月，直奔洞庭湖畔。

〈柳毅〉被歸為志怪類的主因是，柳毅是以凡人的身分，進入一個精雕細琢、玲瓏剔透的水晶世界。那裡住著神仙，擁有如同人間王公貴族般的富貴享受。而柳毅以一個恩人的身分，備受禮遇，之後甚至也成為不染凡塵的神仙。

一般的志怪小說中，男女主角若來自不同世界，不管他們之間的感情多麼深厚，最後多半會被迫分開，各自回到凡間或仙界。但是〈柳毅〉卻有不同的結局，作者讓主角永遠留在仙界，這或許透露作者潛意識裡想要「超凡入聖」，不願留在會有生、老、病、死，甚至有時還會遭遇貧窮、戰爭的人間。

毅以為剛決明直，無如君者。蓋犯之者不避其死，感之者不愛其生，此真丈夫之志。奈何蕭管方洽，親賓正和，不顧其道，以威加人？豈僕之素望哉！

—《太平廣記‧柳毅》

　　洞庭君感謝柳毅傳書之恩，解救了龍女，每天都大擺筵席招待。洞庭君的弟弟錢塘君個性豪爽，也陪著喝酒聊天。錢塘君覺得柳毅和龍女很登對，就趁著大家酒酣耳熱的時候，當起媒人。

　　不過錢塘君講話的口氣帶有威脅的態度，讓柳毅十分不悅，回答：「我聽說您曾經發大水淹沒九州、圍住五座山嶽，來宣洩心中的憤慨；還親眼見您扯斷金鎖鏈，踢倒玉柱，急著去營救龍女。沒有人比得上您的剛正果敢，不畏強權，也不惜自己的生命，是真正的大丈夫！可是您卻在這個時候拿氣勢來威逼我，真不像我素所仰望的英雄啊！」

一個是身材魁梧的龍王，一個是斯文的讀書人，兩個人都講義氣，兩個人也都為龍女而風塵僕僕，卻挑起了一場脣槍舌戰。柳毅覺得自己為「義」的行徑遭到質疑。當時士人大都很熱中科舉考試，想要升官發財，只求榮華富貴。反觀柳毅，在一次落第後，便不再追求功名；即使遇到錢塘君的脅迫，縱然他也喜歡龍女，仍堅守自己「義」的原則。

　　之後，柳毅與龍女終究還是結合了。柳毅更安於逍遙自在的神仙生活，不願被到處求道的皇帝打擾，也不在意那些錢財珠寶，而是歸居洞庭湖，過著安靜的生活。

　　對照那些帝王臣子，不斷索求長生不老之術，永遠不滿足，總是要不斷升官，不斷積聚財富，反而忽略掉眼前的幸福。柳毅這個角色，無疑是給那些滿心追求功名利祿之徒一記當頭棒喝。

龍女

　　古代女子地位卑微，沒有選擇婚姻的權利，一生的幸福都得靠父親、丈夫或是兒子，沒有自主權。如果被夫家休掉，更會讓娘家蒙羞，一輩子抬不起頭來。洞庭湖龍女由父母指配嫁給涇川龍王的兒子，在當時觀念而言算是門當戶對。然而涇川小龍王在父母的寵溺下，喜歡放蕩取樂，時間一久就對龍女感到厭煩。龍女勇敢的向公婆訴說，原本希望公婆能替她主持公道，可是公婆卻偏袒兒子，反過來幫著兒子虐待龍女，最後還把她趕出家門。

　　其實，神仙世界也有跟凡間一樣的愛恨情仇。龍女的婚姻反映出當時兩個社會現象。一是唐朝時期講究的「門第觀念」，也就是在婚姻上的門當戶對。然而，小龍王與小龍女應該是佳偶天成，卻因為小龍王的放蕩行為而鬧到夫妻不和。另一個則是自古以來的「婆媳問題」，媳婦如果不得婆婆歡心，則可能被休掉。

妾，洞庭龍君小女也。父母配嫁涇川次子。而夫婿樂逸，為婢僕所惑，日以厭薄。既而將訴於舅姑。舅姑愛其子，不能禦。迨訴頻切，又得罪舅姑。舅姑毀黜以至此。 ──《太平廣記·柳毅》

〈柳毅〉的故事說明了門當戶對不一定是婚姻幸福的保證；此外，古時女孩結婚後，要是夫妻感情不睦、或不得公婆歡心，也無法過著幸福快樂的生活。這樣的問題，在傳統的中國社會其實屢見不鮮。漢朝樂府詩〈孔雀東南飛〉就是一例；故事裡的焦仲卿和劉蘭芝，夫妻倆感情和睦，卻因為焦母不喜歡蘭芝，硬逼他們離婚，造成了悲劇的結局。

即使是身為神仙的龍女也無法逃脫這樣的命運。她從南方嫁到遙遠的北方，受了委屈卻連家人都不知道。還好她不甘心困在「被拋棄、流落異鄉」的悲情裡，懂得自力救濟，將求救信託給柳毅，加上有法力高強的叔叔錢塘君幫忙出頭，才能扭轉命運。

俄而祥風慶雲，融融怡怡，幢節玲瓏，簫韶以隨。紅妝千萬，笑語熙熙。中有一人，自然蛾眉，明璫滿身，綃縠參差。迫而視之，乃前寄辭者。然若喜若悲，零淚如絲。 ——《太平廣記‧柳毅》

朵朵祥雲隨著和風拂面而過，儀隊在前引導，樂隊在後演奏。許多盛裝的美女談笑走過，其中一個打扮得特別漂亮，一身飄飄的華服，身上戴著叮噹作響的珠玉。柳毅走近一看，原來就是之前託他帶信的牧羊女。

柳毅印象中那個孤零零的牧羊女，和眼前這個仙女，真有天壤之別！祥雲、彩旗、儀隊、樂隊、宮女們所構成華麗、熱鬧的景象，簇擁著經過精心打扮的龍宮公主，教人看了目瞪口呆。然而，才經歷過受欺凌的命運，龍女臉上的表情很複雜，作者用「若喜若悲，零淚如絲」來形容，實在很傳神，讓一身俠骨的柳毅心中也升起憐惜的柔情。

唐人傳奇的特色，就是女子能突破傳統的柔弱形象，表現獨立自主，勇於

挺身而出、追求愛情。例如〈虯髯客傳〉的俠女紅拂女，夜奔只為面會俠士李靖；〈霍小玉傳〉的霍小玉為負心漢李益相思至死等等。這些女性，有別於傳統婦女，勇於追求自主與真愛。正如〈柳毅〉裡的龍女，為了自己的幸福，首先慧眼識英雄，選了柳毅當傳遞音信的使者。等她回到父母身邊，便進一步追求愛情。

然而，跨越人神界線的戀愛，必須突破各種難關。龍女耐心等待，等到幻化為人，在柳毅兩度失去妻子時，她才以「同病相憐」的寡婦身分出現。要到她懷孕後，才對柳毅坦白真實身分，希望柳毅能接納她。

龍女曾詢問柳毅之前對她的感覺，柳毅承認在草原上的初見主要是基於「義憤」，但是在龍宮看到她這個美麗的公主，當然會心動，只是基於「俠義」精神的堅持，加上不喜歡錢塘君逼婚的態度，才沒有答應。

還好，經過一番波折，這對有情人終成眷屬。

錢塘君

　　中華民族自稱是「龍的傳人」，到底龍是什麼？歷史上真的有龍存在過嗎？

　　古人說，龍是「九不像」，身體各部分分別像九種不同的動物：駱駝頭、兔子眼（或說蝦子眼）、牛耳朵、雄鹿角、蛇身、大蛤腹、虎掌、鷹爪、魚鱗。此外，嘴邊有鬚、下巴有明珠。這樣一種龐大而怪異的動物，似乎具有強大的力量，能興雲致雨。

　　古代傳說的伏羲與女媧，都是龍身人首的樣貌。華夏民族的祖先炎帝也和龍有密切關係，相傳炎帝是因為母親感應「神龍首」而生，他死後更化為龍，因此才有「龍的傳人」的說法。

　　至於龍王、龍宮，則可能是在佛教傳入後才出現的說法。其實，各個水域都有龍王、龍宮，龍是水域的領主，

語未畢，而大聲忽發，天坼地裂，宮殿擺簸，雲煙沸湧。俄有赤龍長千餘尺，電目血舌，朱鱗火鬣，項掣金鎖，鎖牽玉柱。——《太平廣記·柳毅》

也是佛教「天龍八部」中的護法神之一。〈柳毅〉裡的主要角色，除了柳毅以外，其餘都是龍，像是洞庭君、錢塘君，還有龍女，都屬於龍族。整個故事的架構是龍族之間的恩怨，由於涇陽龍族和洞庭龍族的婚姻悲劇，引來錢塘龍王的一段「報復之旅」。人類柳毅是個重要的關鍵角色，而他最後也歸化龍族。

從故事中可看出錢塘君的形象，活生生就是傳說中龍的樣貌。他是一條赤龍，連鱗片都是紅的，紅色也象徵他「火爆浪子」的性格。他和溫文儒雅的洞庭君雖是兄弟，兩人個性卻大相逕庭。

錢塘君在霹靂和閃電的背景襯托中，以一條巨龍的身影，呈現飛騰而去的姿態，讓這個故事的神異色彩更生動鮮明。故事中，他的表現更是「爆點」連連，以「莽俠」的姿態千里救人，又化身為具有「流氓氣」的媒人，展現了強大的戲劇張力。

頑童之為是心也，誠不可忍，然汝亦太草草。賴上帝顯聖，諒其至冤。不然者，吾何辭焉？從此已去，勿復如是。——《太平廣記·柳毅》

　　洞庭君告訴柳毅，錢塘君勇猛過人，個性卻衝動暴躁，千年前就鬧過九年的洪水，後來又引發了大水淹掉五座大山。天帝看在洞庭君的面子上，才從輕發落，將他囚在洞庭君的宮內。沒想到，他一聽到龍女被欺負的事，馬上掙脫鎖鏈，一路飛到涇陽把龍女救回。

　　龍女被救回後，洞庭君一問之下，才知道他傷害了六十萬生靈，糟蹋了八百里的莊稼，又把涇陽那個無情無義的小龍王給吞掉了。只是這次他懂得向天帝告罪，也得到天帝的諒解，才沒有受罰。

　　洞庭君責備他太魯莽，以後千萬不可再犯。不過錢塘君本性難移，當宴會的氣氛正和樂時，他又威脅柳毅並提出婚約，讓柳毅覺得自己為「義」的行徑遭到誤解。還好柳毅正氣凜然，讓錢塘君羞

赦的直道歉。這兩名肝膽相照的人物，讓整個故事充滿了俠義氣息。

志怪類傳奇是最能讓作者天馬行空，淋漓盡致發揮想像力的類型。錢塘君是錢塘江的龍王，是佛教傳入後才出現的護法神角色，可是在〈柳毅〉中，作者巧妙的嵌入遠古時期背景，結合歷史，描述他在唐堯時代就引發過洪水。再者，志怪類傳奇的時空概念也很奇特，錢塘君一日之間就奔走數千里，要救姪女、要找仇家，還要上報天帝，真的是海、陸、空瞬間移動，毫無阻礙。

志怪類的創作空間寬闊無邊，因此能讓柳毅自由進出龍宮，龍女能離開龍宮，在凡間過生活，讓一段人神之間的浪漫愛情，發展成美滿幸福的婚姻。而最後他們因為不堪皇帝的騷擾，選擇永遠居住在龍宮。柳毅和龍女陪家人在亭台樓閣宴飲笑談時，看著小龍子、小龍女在水草間和蝦兵蟹將玩著遊戲，真是一幅讓凡人羨慕不已的景象。

當唐人傳奇的朋友

「唐人傳奇」指的不是一部書，而是唐朝時期文言短篇小說的總稱。

在安史之亂以前，唐朝人民的生活富裕，天下太平。首都長安不僅是繁華的大都會，與外族的交流也非常頻繁。當時的長安城如此豐富有趣，城市裡多采多姿的生活，市民的遊憩娛樂，成為唐人傳奇寫作的重要背景。

到了唐朝末期，文人裴鉶寫作《傳奇》，內容包括知名的〈聶隱娘〉、〈崑崙奴〉等故事，也讓後代讀者將文言短篇小說正式稱為「傳奇」。宋代李昉所編的文集《太平廣記》，也搜錄了眾多的唐人傳奇，成為後人閱讀唐代短篇小說不可不看的書籍。

唐人傳奇的主題多樣，〈柳毅傳〉中耿直的柳毅，〈南柯太守傳〉中在夢境裡經歷一生的淳于棼，〈李娃傳〉中繁華的長安生活，〈鶯鶯傳〉中才子佳人的戀曲，〈虯髯客傳〉的俠客典範——風塵三俠。這些內容反映了當時的社會環境，也讓我們了解當時的人們是如何生活、如何看待生命，以及如何追求理想。

當唐人傳奇的朋友，你會看到他們在面對生活時的不同態度。有人覺得人世間的一切只是如夢一場，虛幻飄渺；有人重視亂世裡的豪俠精神，勇於冒險，並期盼一個更好的世界；也有人不向現實低頭，努力掙脫傳統的束縛，強調女性也可以勇敢追求自己的感情。

當唐人傳奇的朋友，走進那個充滿浪漫幻想、任俠自由、正直剛毅的世界，看那神怪騰雲駕霧，也與那隱逸修道的人一同避世無爭。走進這個奇想的世界，你會看到這些故事如同粒粒珠玉，即使歷經千年都無損其璀璨光芒。

我是大導演

看完了唐人傳奇的故事之後，
現在換你當導演。
請利用紅圈裡面的主題（神仙），
參考白圈裡的例子（例如：俠義），
發揮你的聯想力，
在剩下的三個白圈中填入相關的詞語，
並利用這些詞語畫出一幅圖。

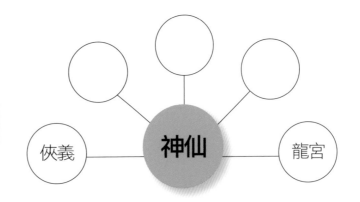

經典
少年遊

youth.classicsnow.net

◎ 少年是人生開始的階段。因此，少年也是人生最適合閱讀經典的時候。這個時候讀經典，可為將來的人生旅程準備豐厚的資糧。因為，這個時候讀經典，可以用輕鬆的心情探索其中壯麗的天地。

◎ 【經典少年遊】，每一種書，都包括兩個部分：「繪本」和「讀本」。繪本在前，是感性的、圖像的，透過動人的故事，來描述這本經典最核心的精神。小學低年級的孩子，自己就可以閱讀。讀本在後，是理性的、文字的，透過對原典的分析與說明，讓讀者掌握這本經典最珍貴的知識。小學生可以自己閱讀，或者，也適合由家長陪讀，提供輔助說明。

◎ 【經典少年遊】，我們先出版一百種中國經典，共分八個主題系列：詩詞曲、思想與哲學、小說

001 世說新語　魏晉人物畫廊
A New Account of Tales of the World: Anecdotes in the Southern and Northern Dynasties
故事／林羽豔　原典解說／林羽豔　繪圖／吳亦之

東漢滅亡之後，魏晉南北朝便出現了。雖然局勢紛亂，但是卻形成了自由開放的風氣。《世說新語》記錄了那個時代裡，那些人物怎麼說話、如何行事。讓我們看到他們的氣度、膽識與才學，還有日常生活中的風雅與幽默。

002 搜神記　神怪故事集
In Search of the Supernatural: Records of Gods and Spirits
故事／劉美瑤　原典解說／劉美瑤　繪圖／顧珮仙

晉朝的干寶，搜集了許多有關神仙鬼怪與奇思異想的故事，成為流傳至今的《搜神記》。別小看這些篇幅短小的故事，它們有些是自古流傳的神話，有的是民間傳說，統稱為「志怪小說」，成為六朝文學的燦爛花朵。

003 唐人傳奇　浪漫的傳說故事
Tang Tales: Collections of Tang Stories
故事／康逸藍　原典解說／康逸藍　繪圖／林心雁

正直的書生柳毅相助小龍女，體驗海底龍宮的繁華，最後還一同過著逍遙自在的生活。唐人傳奇是唐朝的文言短篇小說，內容充滿奇幻浪漫與俠義豪邁。在這個世界裡，我們不僅經歷了華麗的冒險，還得到了如夢似幻的生活。

004 竇娥冤　感天動地的竇娥
The Injustice to Dou E: Snow in Midsummer
故事／王蕙瑄　原典解說／王蕙瑄　繪圖／榮馬

善良正直的竇娥，為了保護婆婆，招認自己從未犯過的罪。行刑前，她許下三個誓願：血濺白布、六月飛雪、三年大旱，期待上天還她清白。三年後，竇娥的父親回鄉判案，他能發現事情的真相嗎？竇娥的心聲，能不能被聽見？

005 水滸傳　梁山好漢
Water Margin: Men of the Marshes
故事／王宇清　故事／王宇清　繪圖／李遠聰

林沖原本是威風的禁軍教頭，他個性正直、武藝絕倫，還有個幸福美滿的家庭，無奈遇上了欺壓百姓的太尉高俅，不僅遭到陷害，還被流放到偏遠地區當守軍。林沖最後忍無可忍，上了梁山，成為梁山泊英雄的一員大將。

006 三國演義　風起雲湧的英雄年代
Romance of the Three Kingdoms: The Division and Unity of the World
故事／詹雯婷　原典解說／詹雯婷　繪圖／蔣智鋒

曹操要來攻打南方了！劉備與孫權該如何應戰，周瑜想出什麼妙計？大戰在即，還缺十萬支箭，孔明卻帶著二十艘船出航！羅貫中的《三國演義》，充滿精采的故事與神機妙算，記錄這個風起雲湧的英雄年代。

007 牡丹亭　杜麗娘還魂記
Peony Pavilion: Romance in the Garden
故事／黃秋芳　原典解說／黃秋芳　繪圖／林虹亨

官家大小姐杜麗娘，遊賞美麗的後花園之後，受寒染病，年紀輕輕就離開人世。沒想到，她居然又活過來！這到底是怎麼一回事？明朝劇作家湯顯祖寫《牡丹亭》，透過杜麗娘死而復生的故事，展現人們追求自由的浪漫與勇氣！

008 封神演義　神仙名人榜
Investiture of the Gods: Defeating the Tyrant
故事／王洛夫　原典解說／王洛夫　繪圖／林家棟

哪吒騎著風火輪、拿著混天綾，一不小心就把蝦兵蟹將打得東倒西歪！個性衝動又血氣方剛的哪吒，要如何讓父親李靖理解他本性善良？又如何跟著輔佐周文王的姜子牙，一起經歷驚險的戰鬥，推翻昏庸的紂王，拯救百姓呢？

009 三言　古今通俗小說
Three Words: The Vernacular Short-stories Collections
故事／王蕙瑄　原典解說／王蕙瑄　繪圖／周庭萱

許宣是個老實的年輕人，在下著傾盆大雨的某一日遇見白娘子，好心借傘給她，兩人因此結為夫妻。然而，白娘子卻讓許宣捲入竊案，害得他不明不白的吃上官司。在美麗華貴的外表下，白娘子藏著什麼秘密？她是人還是妖？

010 聊齋誌異　有情的鬼狐世界
Strange Stories from a Chinese Studio: Tales of Foxes and Ghosts
故事／岑澎維　原典解說／岑澎維　繪圖／鍾昭弋

有個水鬼名叫王六郎，總是讓每天來打漁的漁翁滿載而歸。善良的王六郎會不會永遠陪著漁翁捕魚呢？好心會有好報嗎？蒲松齡的《聊齋誌異》收錄各式各樣的鄉野奇談，讓讀者看見那些鬼狐精怪的喜怒哀樂，原來就像人類一樣。

與故事、人物傳記、歷史、探險與地理、生活與素養、科技。每一個主題系列,都按時間順序來選擇代表性的經典書種。

◎ 每一個主題系列,我們都邀請相關的專家學者擔任編輯顧問,提供從選題到內容的建議與指導。我們希望:孩子讀完一個系列,可以掌握這個主題的完整體系。讀完八個不同主題的系列,可以不但對中國文化有多面向的認識,更可以體會跨界閱讀的樂趣,享受知識跨界激盪的樂趣。

◎ 如果說,歷史累積下來的經典形成了壯麗的山河,【經典少年遊】就是希望我們每個人都趁著年少探索四面八方,拓展眼界,體會山河之美,建構自己的知識體系。少年需要遊經典。經典需要少年遊。

011 說岳全傳　盡忠報國的岳飛
The Complete Story of Yue Fei: The Patriotic General

故事／鄒敦怜　原典解說／鄒敦怜　繪圖／朱麗君

岳飛才出生沒多久,就遇上了大洪水,流落異鄉。他與母親相依為命,又拜周侗為師,學習武藝,成為一個文武雙群的人。岳飛善用兵法,與金兵開戰;他最終的志向是一路北伐,收復中原。這個心願是否能順利達成呢?

012 桃花扇　戰亂與離合
The Peach Blossom Fan: Love Story in Wartime

故事／趙予彤　原典解說／趙予彤　繪圖／吳泳

明朝末年國家紛亂,江南卻是一片歌舞昇平。李香君和侯方域在此相戀,桃花扇是他們的信物。他們憑一己之力關心國家,卻因此遭到報復。清朝劇作家孔尚任,把這段感人的故事寫成《桃花扇》,記載愛情,也記載明朝歷史。

013 儒林外史　官場浮沉的書生
The Unofficial History of the Scholars: Life of the Intellectuals

故事／呂淑敏　原典解說／呂淑敏　繪圖／李遠聰

匡超人原本是個善良孝順的文人,受到老秀才馬二與縣老爺的賞識,成了秀才。只是,他變得愈來愈驕傲,也一步步犯錯。清朝作家吳敬梓的《儒林外史》,把官場上的形形色色全寫進書中,成為一部非常傑出的諷刺小說。

014 紅樓夢　大觀園的青春年華
The Story of the Stone: The Flourish and Decline of the Aristocracy

故事／唐香燕　原典解說／唐香燕　繪圖／麥震東

劉姥姥進了大觀園,看到賈府裡的太太、小姐與公子,瀟湘館、秋爽齋與衡蕪苑的美景,還玩了行酒令、吃了精巧酥脆的點心。跟著劉姥姥進大觀園,體驗園內的新奇有趣,看見燦爛的青春年華,走進《紅樓夢》的文學世界!

015 閱微草堂筆記　大家來說鬼故事
Random Notes at the Cottage of Close Scrutiny: Short Stories About Supernatural Beings

故事／邱慧敏　故事／邱慧敏　繪圖／楊瀚橋

世界上真的有鬼嗎?遇到鬼的時候該怎麼辦?看看紀曉嵐的《閱微草堂筆記》吧!他會告訴你好多跟鬼狐有關的故事。長舌的女鬼、嚇人的笨鬼、扮鬼的壞人、助人的狐鬼。看完這些故事,你或許會覺得,鬼狐比人可愛多了呢!

016 鏡花緣　海外遊歷
Flowers in the Mirror: Overseas Adventures

故事／趙予彤　原典解說／趙予彤　繪圖／林虹亨

失意的文人唐敖,跟著經商的妹夫林之洋和博學的多九公一起出海航行,經過各種奇特的國家。來到女兒國,林之洋竟然被當成王妃給抓走了!翻開李汝珍的《鏡花緣》,看看他們的驚奇歷險,猜一猜,他們最後如何歷劫歸來?

017 七俠五義　包青天為民伸冤
The Seven Heroes and Five Gallants: The Impartial Judge

故事／王洛夫　原典解說／王洛夫　繪圖／王韶薇

包公清廉公正,但宰相龐太師卻把他看作眼中釘,想作法陷害。包公能化險為夷嗎?豪俠展昭是如何發現龐太師的陰謀?說書人石玉崑和學者俞樾,把包公與江湖豪傑的故事寫成《七俠五義》,精彩的俠義故事,讓人佩服!

018 西遊記　西天取經
Journey to the West: The Adventure of Monkey

故事／洪國隆　原典解說／洪國隆　繪圖／BO2

慈悲善良的唐三藏,帶著聰明好動的悟空、好吃懶做的豬八戒、刻苦耐勞的沙悟淨,四人一同到西天取經。在路上,他們會遇到什麼驚險意外?踏上《西遊記》的取經之旅,和他們一起打敗妖怪,潛入芭蕉洞,恣意冒險!

019 老殘遊記　帝國的最後一瞥
The Travels of Lao Can: The Panorama of the Fading Empire

故事／夏婉雲　原典解說／夏婉雲　繪圖／蘇奔

老殘是個江湖醫生,搖著串鈴,在各縣市的大街上走動,幫人治病。他一邊走,一邊欣賞各地風景民情。清朝末年,劉鶚寫《老殘遊記》,透過主角老殘的所見所聞,遊歷這個逐漸破敗的帝國,呈現了一幅抒情的中國山水畫。

020 故事新編　換個方式說故事
Old Stories Retold: Retelling of Myths and Legends

故事／洪國隆　原典解說／洪國隆　繪圖／施怡如

嫦娥與后羿結婚後,有幸福美滿嗎?所有能吃的動物都被后羿獵殺精光,只剩下烏鴉與麻雀可以吃!嫦娥變得愈來愈瘦,勇猛的后羿能解決困境嗎?魯迅重新編寫中國的古代神話,翻新古老傳說的面貌,成為《故事新編》。

經典 °
少年遊

youth.classicsnow.net

003
唐人傳奇　浪漫的傳說故事
Tang Tales
Collections of Tang Stories

編輯顧問（姓名筆劃序）
王安憶　王汎森　江曉原　李歐梵　郝譽翔　陳平原
張隆溪　張臨生　葉嘉瑩　葛兆光　葛劍雄　鄭培凱

故事：康逸藍
原典解說：康逸藍
繪圖：林心雁
人時事地：詹亞訓

編輯：鄧芳喬　張瑜珊　張瓊文
美術設計：張士勇
美術編輯：顏一立
校對：陳佩伶

企畫：網路與書股份有限公司
出版者：大塊文化出版股份有限公司
台北市10550南京東路四段25號11樓
www.locuspublishing.com
讀者服務專線：0800-006689
TEL：+886-2-87123898
FAX：+886-2-87123897
郵撥帳號：18955675
戶名：大塊文化出版股份有限公司
法律顧問：全理法律事務所董安丹律師

總經銷：大和書報圖書股份有限公司
地址：新北市新莊區五工五路2號
TEL：+886-2-8990-2588
FAX：+886-2-2290-1658
製版：沈氏藝術印刷股份有限公司

初版一刷：2014年3月
定價：新台幣299元